Die Kurzgeschichte

Regensburg an der Donau, zwischen dem 21. April und dem 11. Mai 1980 um 17 Uhr spätnachmittags; in einer schmucklos alten Kirche war es einem erst kürzlich geweihten Pfarrer der evangelischen Christen eingefallen, freiwillige Laien in seinem Gottesdienst predigen zu lassen. Und da musste es geschehen, dass eine junge Person so predigte, dass sehr viele Leute die Kirche verließen, um sie später draußen wegen ihrer Worte zur Rede zu stellen – oder wollten sie etwas Anderes? In der Kirche stürzte fast die Welt zusammen, doch es ergab sich, dass sich das verwirrende Ereignis plötzlich in Klarheit verwandelte – wegen des Abendlichts der Sonne...

Der Autor

Christian Gloggengießer, geb. 11.7.1961 in Ingelheim am Rhein, im Jahr 1980 als Mike P. Muzak aus seinem Roman »SÓMIT – Die Katze und ihr Profimasseur« (Zwei Teile), ein Ghostwriter, ein Geistschreiber, wie der urchristliche Erzengel *Michael* wie mit dem Jünger Christi *Petrus*, dem Gründungsfelsen der christlichen Kirche, und gänzlich im Hintergrund erklingend wie die überall zu hörende Entspannungsmusik *Muzak*.

Christian Gloggengießer

Mike P. Muzak

Der

gottlose

Gottesdienst

Eine traumatische Kurzgeschichte

geschrieben zwischen dem 21. April und 11. Mai 1980

in Regensburg an der Donau

Impressum

Geschrieben vom 21.4. bis zum 11.5. 1980

78 Buchseiten, Größe 12 x 19 cm, Schrift Corbel, Größe 12,

Wörter 10´411, COVER mit canva.com selbst erstellt.

Bibliografische Information der Deutschen Nationalbibliothek:
Die Deutsche Nationalbibliothek verzeichnet diese Publikation in der
Deutschen Nationalbibliografie; detaillierte bibliografische Daten
sind im Internet über http://dnb.dnb.de abrufbar.

Herstellung und Verlag: BoD – Books on Demand, Norderstedt

ISBN 978-3-7543-1417-3

Widmung

Da der Text in Regensburg am nördlichsten Bogen der Donau geschrieben wurde, auch der Stadt der Brüder Josef und Georg Ratzinger, des altbayerischen Papstes und seines cäcilianischen Kirchenmusikers, über deren für ihre Mitmenschen oftmals gnadenlosen Taten nur ihr christlicher Gott zu richten hat, ist diese religiöse Geschichte allen ehrenhaften Regensburger Bürgern und allen über ihren kindlich natürlichen Glauben, ihre erwachsene Religion und deren institutionalisierten Vertreter mitmenschlich nachsinnenden Menschen der Erde gewidmet.

Ch. G. 1980

Der gottlose Gottesdienst

Der gottlose Gottesdienst

Im Frühjahr 1980 in Regensburg. 17 Uhr.

*A*lt, schmucklos ist diese evangelische Kirche...
Das ist jedoch kein Grund sie zu meiden.

Heute ist ein ganz besonderer Tag für unseren neuen Herrn Pfarrer; denn es soll äußerst feierlich ein Gottesdienst begangen werden, in welchem Gemeindemitglieder zu Wort kommen.

Jeder, der sich befähigt fühlt, darf nach Belieben eine waschechte Predigt halten. Na, hoffentlich reicht die dafür zu Verfügung stehende Zeit aus! Natürlich muss sich richtig vorbereitet haben, wer sprechen möchte, schließlich will man sich ja nicht vor der Gemeinde blamieren. Dieser einmalige Einfall stammt ganz und gar von unserem Herrn Pfarrer persönlich. Wahrscheinlich hat sie sich ihm in der Gestalt eines göttlichen Geistesblitzes offenbart. Ja, unser Herr Pfarrer befindet sich in seiner jugendlichen Angriffsphase, seiner »Sturm-und-Drang-Zeit«; darüber käme jeder Pfarrer und jedermann, ob arm oder reich, krank oder gesund, hinweg, meinen die alteingesessenen Gemeindemitglieder.

Er arbeitet erst seit wenigen Monaten in unserer Gemeinde. Frisch nach dem Studium habe ihn das Schicksal zu uns geschickt. Es heißt, er habe schon viele Tätigkeiten ausgeführt, bevor ihm der

Einstieg in den schönen Pfarrerberuf gegönnt war. Anfangs hätte er einen Sanitätsdienst als Soldat in seiner westdeutschen Wehrpflichtzeit absolviert, daraufhin wäre er ziviler Sanitäter gewesen, bis ein für ihn passender Studienplatz frei gewesen sei.

Theologie unter anderem, das musste er unbedingt studieren. Seinen leidenschaftlichen Hang zur Menschlichkeit wollte er in einem Studium verwirklichen, welches ihm zusätzlich im täglichen Leben unterstützte. Viel Philosophie, viel Ethik und noch mehr Religion, das bot ihm die Gelegenheit, seine tausend Gedanken frei zu entfalten und ins Handeln umzusetzen. Zu Beginn hatte ihm ein kurzes Studium der katholischen Theologie zu genügen, obwohl er sich mit Leib und Seele unserem evangelischen Bekenntnis zuschrieb. Es wäre an der Hochschule irgendein Zwang aufgekommen, sagt man, – wegen einer Pflichtsemesterzahl – oder so. Aufgrund dieser Tatsache sei seine Sammlung an theologischen Erfahrungen sehr vergrößert worden, wodurch sicherlich keinerlei Schaden für sein Wesen ent-standen sei, meinen die Leute.

Unser Herr Pfarrer beendete letztlich sein Studium »summa cum laude«, das heißt »mit höchstem Lob«, wie ich aus meinem Unterricht in

Latein weiß, promovierte und kam deshalb als junger »Herr Doktor« der Theologie in unserer Gemeinde. Gewiss war er vorher irgendwo als Vikar oder Ähnliches angestellt, derart ausführlich hat er uns seinen Werdegang doch nicht erzählt. –

Manches werde ich auch vergessen haben. Woher ich das alles weiß? – Ist klar, der Herr Pfarrer hat sich irgendwann einmal vorgestellt, vielleicht in seiner ersten Bibelstunde, und außerdem, nun, es wird viel getuschelt und dabei aufgeschnappt. –

Wenn ich zurückblicke – ich besuchte ziemlich lange Zeit nicht mehr den wöchentlichen Gottesdienst. Es muss jemandem, der mitdenkt und mitlebt im Glauben, ja dem muss es einfach zu langweilig, viel zu eintönig werden. Immer dasselbe, ein paar Lieder, paar Gebete, eine brave Predigt, die mehr oder weniger um den wirklichen Kern des Ganzen herumschleicht.

Ich kenne dieses Geschwätz zur Genüge. Sogar unser neuer Herr Pfarrer hat in den abgedroschenen Predigtthemen, so scheint es mir, sein Lebensziel gefunden. Schade. – Nur heute stellt er sich wahrhaft eine außergewöhnliche Aufgabe. Ist doch klar, da muss ich den Gottesdienst beehren. Oder beehrt der Gottesdienst mich? – Na egal! Jedenfalls liegt es beinahe außerhalb meines Vorstellungsbereiches, der vollständige Gottesdienst soll aus einer Aneinanderreihung von lauter einzelnen Predigten bestehen; nun ja, bis auf die Eingangsrede des Herrn Pfarrers oder Ähnliches, was trotzdem erhalten bleiben wird. Hoffentlich widerfährt den Rednern keine Anlehnung an das übliche Geschwafel. Es mögen viele geistreiche Reden gehalten werden, von denen jeder unserer Zuhörer erfreut sein wird! – Wobei ich zu meinem Bedauern bezweifeln muss, ob geistreiche Reden einigen Leuten hier eine Freude bereiten können oder ob sie nur Reden akzeptieren und hören wollen, welche... –

Hach! Ich bin vielleicht begeistert von dieser »absurden Idee« des Herrn Pfarrers, wie manche Leute sein vorhaben nannten, die teils begierig, teils mit Entsetzen das Plakat an der Kirchenpforte lasen. Dort stand auch geschrieben, dass ausnahmsweise kein Sündenbekenntnis, kein Kyrie, kein... – die heilige Gottesdienstordnung wurde völlig missachtet, kaum zu fassen – stattfinden wird. Zum dritten und vierten Mal kommen mir Worte wie »Gotteslästerung«, »armer Herr Pfarrer« oder »reine Sünde« zu Ohren, als ich mich langsam vom Anschlagbrett in Richtung Innenraum unserer Kirche bewegte.

Besuchen Sie heute den Abendgottesdienst – Gemeindemitglieder halten ihre Predigten!

Aber jetzt, heute, zu dieser Stunde, zu dieser Minute stehe ich in der Kirche. Nein, ich stehe nicht richtig; denn meine Schuhsohlen berühren den sanften Fußboden so zart, wenn überhaupt, dass ich mir einbilde, in diesem irdischen Dunst der göttlichen Feierlichkeit das feine Gefühl zur grausamen Realität für alle Ewigkeit verloren zu haben. – Ist es etwa gar keine Einbildung? –

Ganz vorne in der Kirche erblicke ich – den mächtigen Altar; schön ist er hergerichtet worden; was heißt »schön«? – Prachtvoll! Jawohl! Lauter bunte Kerzen in allen Größen, sündteure, gewaltige Blumensträuße und Blumenkränze mit sonstigem Lametta schmücken den von wundervollen Samttüchern und Bändern bedeckten Altar. Mit Hilfe dieser irdischen Dinge schenkt man ihm seine himmlische Hülle, welchem ja jedem als seiner würdig erscheint.

Ehrerweisend schreite ich zu meinem Stammplatz, falls ihm überhaupt dieser Titel zusteht, gleich in der ersten Reihe vor dem Altar. Mein Körper lässt sich sanft auf die alte Holzbank nieder, und mein Blick mit meinen Gedanken richtet sich hochachtungsvoll auf die herrliche Kanzel, welcher heute ja der Mittelpunkt des

Spektakels werden soll, das heißt vielmehr, die tapferen Redner dort oben, von welchen ich mir sehr viel erhoffe. –

Ach herrje! Eigentlich hätte ich auch schnell ein geeignetes Eingangsgebet herunterleiern müssen, einige Leute beherrschen diese Zeremonie so perfekt eisig bleibend, ohne die kleinste Spur von Gefühl, dass ich an ihnen gemessen vor Niedrigkeit erblassen müsste. Soll ich wirklich einen nachträglichen Versuch wagen? –

Nein, in diesem Hoffnungsrausch entsteht kein Fünkchen Konzentration für solcherlei Akte. – Sonst wohl auch nicht; denn beim Beten überfallen meinen Sinn stets diese geistreichen Worte, welche den stolzesten Kirchgängern wasserfallartig aus ihrer Lautquelle prasseln. Man ist folglich außerstande zu beten; oder kann ein ernsthaftes Gebet dieses Rauschen und Getöse übertönen? – »Sieh nur, Alfons, was für ein tolles Kleid Frau Huber heute trägt; die muss auch im Geld schwimmen!«, »Dort der Mann, kannst du dir denken, wo er seinen Anzug gekauft hat? Sieht teuer aus – passt dir eventuell auch!«, »Schau doch den an! Dieser alte Knacker mit so 'nem jungen Mädchen. Weiß der Teufel, was da dahintersteckt!« »Hast du den Wagen auf dem Parkplatz gesehen – neben der Einfahrt? Ich sag's ja immer, man muss nur das nötige Kleingeld haben, dann läuft der Laden so, wie man will!«

Nein, heute möchte ich nichts dergleichen hören müssen! Kann ich auch gar nicht, solche Spannung steckt in mir. – Wann fängt es endlich an? – Aah! Das Orgelvorspiel ist mit glänzenden Improvisationen des Organisten zum Höhepunkt geleitet worden, unser Herr Pfarrer hat bereits vorne am Altar, ein paar Meterchen von mir entfernt – mein kurzes Kopfnicken als Gruß –, seinen Platz eingenommen, die Gemeinde unterbricht allmählich das ständige Geflüster, unser Herr Pfarrer fasst sich sogleich ein Herz und beginnt mit... ...mit dem gewohnten Geschwätz, nein, »Abkündigungen« wird das genannt, diese öffentliche Bekanntmachung, wer, wann, wo und wie jemand gestorben, verheiratet, getauft oder sonst ´was worden ist. –

Wen es betrifft, der soll seine Ohren spitzen. Nur, dass ich meine Lauscher extra deshalb öffne, darf man nicht fordern. –

Auch die schönste Zeit geht vorüber, zum Glück! Der erste Redner steigt zwischen verschwommenen Orgelklängen erhaben die Treppe zur Kanzel hinauf. Gerade wollen meine ebenfalls begeisterten Hände einen tobenden Applaus entfachen, da packt mich rechtzeitig die absolute

Herrschergewalt der Anstandsregeln – welch ein Pseudoname – und meine zügellosen Hände erstarren vor Ehrfurcht und Untertänigkeit.

Ja –, ja –, ja sehe ich richtig? Das ist unser lieber Herr Nachbar! »Ja mi´ leckst!«, würden jetzt Andere an meiner Stelle brüllen, ich begnüge mich jedoch damit, heimlich, still und leise »Prost! Mahlzeit!« zu denken. Er fängt seine Rede mit honigsüßer, glitschiger Stimme und den wohl-geformten Worten an »Liebe Gemeinde, mei´ Thema is´ die Armut und...«, während ich mein Trommelfell vor seinem erbärmlichen Gekrächze schützen will und infolgedessen meine Denk-zentrale auf ein anderes Programm umschalte.

Er zählt nämlich zu den Kerlen, die vor Geld gegen den stärksten Sturm stinken! Immer ergreift ihn ein ausgedehnter Tobsuchtsanfall, wenn Kinder, vielleicht etwas ungehörig aus-gelassen, was zwar nicht zu unterstützen ist, sicherlich, auf dem fast von Autos überfüllten Parkplatz der Häuserreihe Ball spielen. Aber die Kinder wie ein tollwütiger Gorilla, dem eben der Schaum aus dem riesigen Maul quillt, anzubrüllen mit »ihr vermaledeiten Rotzlöffel, haut endlich ab!«, denn, weiß Gott, ein Ball könnte gegen sein geliebtes Auto fliegen und was für ein Schmutz-fleck, unter Umständen sogar ein Kratzer oder

Schrecklicheres mag dabei entstehen, allein der Gedanke an derartige Unfälle ist grauenvoll nervenzerfetzend, lässt sich anscheinend spielend mit einer herzerweichenden Rede, in welcher man innigste Ergriffenheit auf den ersten Blick entdeckt, vereinbaren.

KIRCHE

Chaotisch darf es hier natürlich nicht werden...
Unser Herr Pfarrer wünscht sich das so.

Übrigens handelt es sich selbstverständlich um ein besonderes Auto mit einem automatischen, jawohl, ohne eine Handsteuerung, »Rot-Kapo-Detektor« im »Hammer-Sichel-System«, welcher einen so genannten Kapitalisten im Umkreis von fünfzig Metern wahrnehmen kann und zugleich bei positiver Analyse ein kleines rotes Lämpchen im Armaturenbrett in Vibratostimmung versetzt – ob dieses Zittern aus Angst oder Verehrung oder beides zustandekommt, ist mir unklar – Auf alle Fälle kann unser Herr Nachbar ohne Schwierigkeiten unterscheiden, wen er grüßen oder unbeachtet vorüberziehen lassen oder anfahren darf. Leider bin ich über sein Urteil nicht aufschlussreich genug informiert. –

Mir kullern schon dicke, beinahe blutige Tränen über die Wangen. Hoffentlich überschwemmt nicht eine Sintflut die Bänke, auf denen die Gemeinde in Gemeinsamkeit angespannt zuhorchend ihren Hosenboden abwetzt. Ich verabscheue nämlich Sintfluten aller Art! –

Nachdem meine gedanklichen Scherze ihre Vollendung gefunden hatten, ohne dass sie hier weiter ausgebreitet werden können, schloss unser Herr Nachbar sein Geheul und Gejaule meisterhaft, wie es zu erwarten war, ab. Die Gemeinde und der Herr Pfarrer sind sichtlich zufrieden, sie strahlen über alle vier Backen. Lächelnd, vollends freundlich treffen die unzähligen Blicke den fantastischen Redner. – Ob sie sich alle über die gehaltene Predigt freuen oder darüber, dass er zu guter Letzt wirklich noch einen exzellenten Schluss für seine unerhörten Worte fand, welche seinem Mund mit besonderer Spritzigkeit entschlüpften? Ein Wolkenbruch war im Vergleich dazu ein winziges Regentröpfchen. –

Auf jeden Fall darf nun der nächste Kandidat zur Kanzel hinaufsteigen, möglicherweise steigt meine Begeisterung auch wieder hinauf?! Sagte ich gerade »Kandidat«? – Ich meinte es natürlich nicht so. Ein öffentliches Ratespiel zur Belustigung der Allgemeinheit wird hier garantiert nicht veranstaltet. Auch wenn es mich in der Tat wundert, dass die Kirche zum Platzen mit Fleisch gefüllt ist; normalerweise erscheinen die Leute nur, wenn ihnen ausschließlich Unterhaltung geboten wird, dagegen beschäftigen wir uns unter diesem heiligen Dach ohne Ausnahme mit äußerst ernsthaften Dingen. Verstehe ich nicht. Wie wohl Gott darüber denken würde? –

Existiert er überhaupt, der alte, gebrechliche Herr mit weißem Bart, welcher seinen ununterbrochen lächelnden, gütigen Mund als Krone in Anspruch nimmt, – aus Gottes Worten ergießt sich nämlich die absolute Wahrheit –

Sieht er von seinem goldenen mit wundervollsten Edelsteinen besetzten Himmelsthron, welcher von unsagbar vielen Engelscharen umringt auf der prächtigsten Wolke an der Spitze des ewigen Reiches ruht, aus wirklich den allerkleinsten, verstecktesten Winkel auf seiner und unserer geliebten Mutter Erde?

Sieht er wirklich, was wir für eine großartige Feier allein zu seinen Ehren begehen?

Sieht er wirklich, wie ergriffen, im Innersten unseres Körpers und unserer Seele, wir uns den hervorragenden Sätzen der Prediger hingeben?

Hört er wirklich die bitten unserer Herzen, bemerkt er wirklich unsere über alle Maße erweiternde Verehrung, welche wir einzig ihm entgegenbringen?

Liegen seine schöpfenden, richtenden, schützenden, sorgenden Hände über unseren armen Seelen, um sie vor dem ekelerregenden, widerwärtigen Treiben des Teufels zu bewahren? –

Was für Klänge erfassen da meine Ohren? Eine Stimme? Eine Frauenstimme? – Aber... ...aber, das ist doch..., nein, das darf nicht wahr sein, die komische, alte Tante, welche auch in unserem Kirchenvorstand ihr Unwesen treibt, hat oben in der Kanzel die Stellung bezogen und beginnt mit der zweiten Predigt. Ich glaubte im Ernst, es könne nur eine bessere Rede folgen. Na, ich bedanke mich herzlich! Das kann ja heiter werden! –

Ach, Gottchen! Leider bespricht sie das gleiche Thema wie ihr ehrenwerter Vorredner. – Auf Deutsch heißt das, ich mache mich sofort auf die Socken, weil das Geblöke in einem fort unerträglich, nervenzerreißend und gleichzeitig lähmend auf meinen schwachen Körper und armen Geist wirkt! Ich werde ostentativ, um dieses erhabene Buchstabenkonglomerat zu benützen, unsere Kirche verlassen. Sollen die Leute nur sehen, dass sich der fast einzige Vertreter der Jugend erhebt und zum Ausgang keinesfalls schreitet, sondern regelrecht latscht; sollen sie´s nur sehen!

Das Affentheater, das die mir hier bieten, ist kein Gottesdienst. Ich will endlich Predigten hören, welche auch mich anrühren; aber vor lauter Gefühlsduselei mit irgendwelchen Negerfamilien in Malawi oder unterdrückten Indianern im peruanischen Hochland entdeckt man den Dreck vor der Tür nicht! Und darüber soll ich mich freuen oder vielleicht sogar seelische Anteilnahme heuchelnd aus den Ärmeln schütteln! Jetzt habe ich die Schnauze gestrichen voll! Auf Wiedersehen, ihr Spießer! –

Das darf doch bitte nicht wahr sein...
Verachtend rassistische Worte? Wie bitte? –

Wie bitte? Welches Ziel verfolgt denn dieses Mädchen? Treffender ist »junge Frau«! – Nebensächlich! Sie wandelte soeben neben mir vorbei geradewegs auf die Kanzel zu? – Der Duft ihres Parfüms erreichte meine Nase, meine Augen erhaschten ihr sanftes Gesichtchen, ich wälze meinen entkräfteten Körper, ohne einen Augenblick zu zögern, Meter für Meter zur Tür. Durchqueren peinigende Furchen und Falten ihre zarte Gesichtshaut? Nein, sie stellte den Eindruck her, als ob sie die Müdigkeit quäle; abgearbeitet, geschunden und geschlagen erscheint ihre kleine Gestalt in meiner Erinnerung, trotz allem oder gerade deshalb süß, bezaubernd, faszinierend. –

»Fürchtet euch nicht!« –

Da muss ich meinen Blick ein letztes Mal zurückwerfen. Aus ihrem Mund stammen diese meinen Geist hemmenden Worte. Sie steht oben in der Kanzel, die alte Schachtel von Vorhin hat ihre himmlische Rede abrupt abgebrochen. –

Es war ihr wohl selbst zu dumm, das Gleiche zu faseln, äh, zu unangenehm, das Gleiche vorzutragen wie unser Herr Nachbar. Sehr erfreulich, unterstützenswert! –

Das junge Fräulein möchte aber ihre Predigt bereits fortsetzen, während die nette Klatschtante die glatte Treppe hinunter poltert – grinse ich? – , der Organist ohne Unterbrechung dieselben krönenden Improvisationen als Zwischenattraktion aus den bombastischen Orgelpfeifen mit Hilfe des Druckes, welchen seine virtuos gebändigte Fingerkraft zu schaffen vermag und unter welchem nun die ehrwürdigen Tasten der kein Ende nehmenden Manuale alle diese Klänge, welche so leidenschaftlich aus dem Pfeifendickicht hervorzwitschern, zu erdulden haben, lockt. – Hoffentlich war das nicht *zu* schwülstig. Wie kann ich denn nur solche Worthaufen bilden? Schließlich zerrt mich doch eine unbeschreibliche Kraft an meinen unbesetzten Platz zurück. In der Hoffnung, nicht vom Boden abzuheben wie ein zur Bruchlandung vorausbestimmtes Flugzeug, gleite ich ängstlich, zugleich mit neuer Erwartung, zu meiner Bank; der Organist hat tatsächlich verstanden, dass er zu Hause weiter üben soll, meinetwegen auf einer Pauke oder, weiß der Teufel, auf was für einem Gerät; das undefinierbare junge oder alte Geschöpf in der Kanzel schweigt noch; mit einem nicht zu überhörenden Geräusch fällt mein tolpatschiger Fleischkloß auf die äußerst weiche Holzbank nieder; die Orgeltöne suchen in den allerletzten Nischen,

Ecken und Ritzen des heiligen Gewölbes ein Versteck – und endlich tritt Ruhe ein.

Unterdessen gaffen die Leute nicht die neue Rednerin in der Kanzel, sondern einzig mich mit einer sengenden Hitze an, als wollten sie einstimmig brüllen: »So ein Flegel! Ist das ein Benehmen für einen Gottesdienst? Immer dasselbe, diese jungen Kerle heutzutage; der schaut aus, lange Haare, Militärjacke, Jeans, zu unserer Zeit wäre das niemals...!« Und so weiter. Wer kennt diese sinnvollen Weisheiten nicht?! Ich...

»Fürchtet euch nicht! –

So ist meine Anfangsformel! Ich möchte euch nicht mit ehrlosen, fast spottenden Worten, wie ich sie in dieser Feier schon zweimal hören musste, schmeicheln! Denn wie wenige von euch sind wirklich lieb? –

Ich werde euch predigen, dass der Angstschweiß aus allen euren Poren rinnen wird, so, wie das göttliche Blut aus den klaffenden Wunden Jesu Christi ausbrach!

Ich werde euch predigen, dass ihr eurem widerwärtigen Gelächter nicht mehr Einhalt gebieten können werdet und dass währenddessen die Bestie des Hasses eure Eingeweide verzehren wird; vergeblich werden die gewaltigen Kräfte eurer Seele dagegen kämpfen!

Ich werde euch predigen, dass ein wilder, reißender Strom aus abertausend salzig-sauren Tränen Hautfetzen, sogar Fleischfetzen eures Gesichtes mit hinab zur Hölle zerren wird!

Doch die Gerechten unter euch müssen keine Ängste ausstehen! Fürchtet euch nicht!« –

Klingt interessant! Gar nicht übel! – Aber wie..., aber wie..., wie war das? Was für gefährliche Worte wirft sie hier in die Gegend? – Sie schweigt, betrachtet den ungewohnten Gesichtsausdruck der vielen Leute. Der Kirchendiener lauschte ihren Sprüchen; nachdem er seine Augendeckel mühevoll während der ersten Predigten in der Höhe gehalten hatte, kleben sie geradezu fest in diesem Moment. Unserem Herrn Pfarrer steht der Mund weit so offen, dass darin ein Heuwagen mit Leichtigkeit wenden könnte, wie er selbst öffentlich verkündet, wenn beim Konfirmandenunterricht irgendein Ungefestigter oder bei seinen ausgezeichneten Predigten irgendein Rüpel der Gemeinde, oh, Verzeihung, unter der Gemeinde in unangemessener Art gähnt, nämlich ohne sich die Hand vor das Mündchen zu schleudern. – Gähnen ist erlaubt. –

Engelhaft erscheint uns hier ein Wesen...
Doch seine Worte erschrecken uns eher.

Dieses kleine Fräulein dort oben, reizend sieht es aus, teuflisch oder engelhaft. Was es wohl denkt, wenn diese Augen in das Auge der Gemeinde so tief blickt? Seltsam, diese wenigen Sätze, welche diesem hübschen Mund entflohen, bewirkten, dass alle Leute, obwohl sie einander sicherlich völlig verschieden sind, kein Charakter gleicht dem anderen, dass einfach alle scheinbar die Stimme verloren. Manche lächelten, Andere runzelten die Stirn und waren empört oder entsetzt. –

Immer noch diese Stille, keiner redet, keiner rennt, keiner hustet, niest, gähnt; allmählich wächst Gelächter, kaum wahrnehmbar. Alle sind gefesselt, sitzende und stehende Figuren; jene eigenartigen Worte, wenn ich sie in meine Erinnerung zurückrufe, fühle ich mit ihnen Fesseln, ja, Unsicherheit, Bedrohung, Angst; ich fühle mich festgenagelt, keine Fluchtmöglichkeit, – mir fehlen die... – kein Ent... –

»Also hört ihr Hörenden, und fühlt, ihr Tauben!

Wisst ihr, warum Jesus Christus einen Gott seinen Vater nannte? Wisst ihr, warum Jesus Christus *ein Wundertäter* heißt? Wisst ihr, warum Jesus

Christus seine Kirche errichtete? Wisst ihr, wie man im Willen des Herrn handelt?

Mein Geist wird euch Antwort geben! Meine Seele wird es euren Seelen lehren! Eure Seele wird verstehen, was meine Seele predigt! Euer Körper wird es vielleicht verstehen, wenn mein Körper in einfachster Sprache zu ihm spricht!

Ich höre schon einige lachen; wartet ein Weilchen, ihr werdet verarztet werden! So hört und fühlt!

Euer Gott, der Gott von Jesus Christus ist das damalige Vorbild, das Ziel, welches Jesus als Mensch anstrebte! Dieses Streben verlieh Jesus Christus die wahre Kraft, die geistige und leibliche Kraft!

Also zeigt euch Jesus Christus in seiner Person, seinem Denken, seinem Geist, seinem Willen und seinem Handeln das einzige menschliche und göttliche Ziel! Ihr könnt, dürft, sollt und müsst Jesus Christus als euer Vorbild anerkennen! Derjenige, der unsterbliche Güter wie Liebe, Weisheit, Güte besitzt, der ist Mensch und Gott zugleich!

Gott kennt keine menschlichen Gefühle! Gott kennt keine Verantwortung! Gott kennt keine Aufgaben, Ämter, Pflichten als Beschützer oder

Fürsorger, als Retter oder Richter oder Rächer! Gott ist nicht der Allumfassende!

Jesus Christus ist der wirkliche Mensch und deshalb Gott! Sein Handeln vereinigte sich mit seinem Geist, mit seinem geistigen Ziel, Gott! Deshalb nannte er sich Gottessohn und Menschensohn!

Ihr sollt ihn nicht belohnen, indem ihr ihn auf Knien anbetet! Ihr sollt ihn belohnen, indem ihr ihn in euch aufnehmt, indem ihr ihm in euch die Herberge schenkt! Ihr sollt ihn nachahmen mit ganzer Seele! Ihr sollt seine Werte zu euren Werten formen mit ganzer Seele! Ihr sollt ständig bei ihm wohnen mit ganzer Seele! Ihr sollt ihm auf diese Weise eure Verehrung entgegenbringen mit ganzer Seele!

Ihr werdet Opfer bringen müssen aus eurem jetzigen Dasein und das sind wahre Opfer, keine Waren, Lebewesen, Sprüche, nein, die Änderung eurer Lebensweise!

Eure Gebete sind keine Aufrufe, Befehle, Erpressungen, dass euch Gott als der liebe Gott helfe! Eure Gebete sollen euch Kräfte verleihen, um ernsthaft leben zu können, dadurch dass ihr Gott zum Ziel eures Strebens setzt! Gott sei euch ein Begleiter und Berater!

So, so! Einige haben ihr fauliges Fleisch, welches meine Fesseln nicht zusammenhalten können, schon von den ehrwürdigen Bänken genommen, und der ekelerregende Schleimhaufen des Lasters, welcher zurück in die Finsternis aus der Gottesstätte unter dem Druck meiner Worte hinausgepresst wird, reißt eure verwesenden Fleischreste mit sich. Hoffentlich spendet ihr zumindest euren göttlichen Seelen die nötige Kraft, dem Sog dieses stinkenden Schlammes zu entkommen!

So hört und fühlt! Jesus Christus kannte eure Schwäche, euch aus eigenen Kräften zur Erkenntnis zu leiten! Jesus Christus benützte eure Schwäche, euch zu helfen! Jesus Christus beschenkte die Schwachen und die Starken!

Er schenkte euch die Zeichen, welche ihr ständig begehrt! Um Gutes auszuführen, braucht ihr den Druck, den Zwang, die Angst vor einem jüngsten Gericht, vor einem Fegefeuer, vor der Hölle mit ihren Wahnsinnsgespinsten, welche euch ewiglich quälen werden, wenn ihr auf Erden nur Böses vollbracht habt! Um zu Gott zu finden, braucht ihr eine kirchliche Organisation, welche euch leider sehr oft das Suchen erschwert! Um eure Schicksalsschläge zu überstehen, braucht ihr den Glauben an ein ewiges Leben, braucht ihr Gott als

Vater, als Beschützer, als Richter über die guten und bösen Seelen, als schenkendes oder strafendes Wesen!

Ihr braucht die Wunder, welche man ihm anhängt; denn ihr glaubt nur den Wundern, den Geheimnissen, dem unheimlichen Zauber. Alle diese Zeichen sind euch als Hilfsmittel geschenkt worden!

Das größte Wunderzeichen liegt in der Auferstehung! Jesu Christi Lehre, seine Werte und sein Geist, ist nicht mit seinem Körper gestorben und zerfallen! Jesu Christi Denken lebt in Ewigkeit, es ist zur Unsterblichkeit bestimmt! Ihr wollt nur Wundern glauben?!

Freiheit ist das einzige Wunder der Welt...
Aber von welchen Ketten ist das gemeint?

Viele Geister hat sein Denken erfasst und nie mehr freigelassen! Hätten sie es gestattet, wenn es nicht die wahre Freiheit selbst wäre? Alle trugen eine schwere Schicksalslast unter euch! Denn seid ihr Menschen? – Bessere Tiere! – Doch darf man die Tiere als unter-dem-Menschen-stehende Lebewesen abstempeln? –

Sieh an! Es verlassen mehr und mehr Leiber den Wirkungskreis meiner Worte. Seid ihr diejenigen, welche in die Kirche kamen, um ihr Ansehen zu verbessern, um dadurch vielleicht spätere Geschäfte günstig zu beeinflussen, weil ihr ja gute Gläubige seid? Nennt man euch nicht »Wechsler und Händler«? Geht und begleitet die Lachenden! Lacht mit ihnen über meine Worte! Verzehrt euch!

Eure Leiber werden verderben, eure Seelen werden leider verzweifeln, weil sie von euch in keiner Weise die nötigen Kräfte erhalten! Geht und verzehrt euch nur nicht vor meinen Augen, denn vor meinem Angesicht würde euer Schmerz ins Unendliche wachsen! Getier, verschwindet und erstickt im eigenen Schlamm! Ihr Anderen werdet noch mehr hören und fühlen!

All denen, welche hier in den Bänken kauern und bitterlich weinen, denen überreichte Jesus Christus das herrlichste, prachtvollste Geschenk. Er gab euch in Gott selbst die Zuflucht, die ihr benötigt, um Hoffnung auf das Glück und neue Kräfte zu schöpfen. Denn Jesus Christus war gekommen, um vor allem den Schwachen und den Sündern Hilfe zu leisten, davon denen, die sich von ihm beschenken lassen!

Allen Menschen schenkte er seine geistliche Lehre, welche aus so vielen Einzelteilen, wie den Worten der Bergpredigt oder den Gleichnissen, besteht! Er wusste, dass man Gottes Sprache lernen muss, recht Wenige besitzen sie als Muttersprache. Jesus Christus bietet euch deshalb das vornehmste Gebot an:

Du sollst lieben Gott, deinen Herrn, von ganzem Herzen, von ganzer Seele und von ganzem Gemüt. Das Andere aber ist dem gleich: *Du sollst deinen Nächsten lieben wie dich selbst!*

Aber seht nach draußen in eure Welt! Wie verwertet ihr seine Gebote, seine Angebote, seine Geschenke? Man erfährt zu viel Feindschaft, Gewalt, Macht!

Seht, sogar hier in der Kirche wuchert euer erbärmliches Machtstreben! In vollendeten

Machtverhältnissen ist euer Glaube an Gott eingebettet. Seid ihr nicht etwas zu nahe an die Hohepriester herangetreten? Ist eure Lage nicht noch elender als die von hinterlistigen Bettlern, welche nur rauben wollen? –

Immer noch stürmen Leute aus der Kirche hinaus. – Wartet draußen auf mich! Versucht, euch mit dem Verzehren etwas zu gedulden! – Euch anderen werde ich näherkommen!

So hört und fühlt!

Jesus Christus verdeutlichte seine Lehre in Gleichnissen. Ihr sollt denken und mit Gott leben lernen! So lasst auch mich euch helfen! Hört mein lateinisches Gedicht mit dem Titel

Flos Vitae:

Sic, hominum veram licentiam scire vis, sic

intuere hanc partem, florem, vitae universae!

Denuo continuo florem claudit, patefacit.

Sic hominum veram vitam per vim animi cernes! –

Quando mihi tandem recte respondebis? Erro? –

Commodum respondisti recte tibi!

Doch seht, wie wenige könnten es richtig aus ihrer Erinnerung nachsagen! Wie wenige können sich an den Wortlaut erinnern, wie wenige es aussprechen! Doch seht, wie wenige könnten es übersetzen! So lasst mich euch helfen! So lautet mein Gedicht etwa in eurer Sprache:

Die Blume des Lebens

So,
der Menschen Wildheit wirklich wissen willst du,
so betrachte diesen Teil des ganzen Lebens,
eine Blume!
Unaufhaltsam, ununterbrochen öffnet sie,
schließt sie ihre Blüte. So der Menschen wahres
Leben wirst du sehen Kraft deiner Seele! –
Wann endlich wirst du mir richtig Antwort geben?
Irre ich mich? –
Soeben hast du dir richtig Antwort gegeben!

Doch seht, einige verstehen den Sinn nicht! Werden sie ihn jemals begreifen? Ebenso verfahrt ihr mit Gottes Sprache! Die Einen meinen, es genüge, sie gelesen oder gehört zu haben. Die Anderen glauben, es genüge, sie gelesen, gehört und übersetzt zu haben. Doch ich sage euch, es genügt nicht einmal, sie gelesen, gehört, übersetzt und verstanden zu haben!

Gut blüht gegen Böse aus der Vernunft... *Muss man wirklich diese soziale Vernunft erst erlernen?*

Euer Ziel soll es sein, eure Aufgabe soll es sein, euch Gottes Sprache anzueignen – mit ganzem Herzen, mit ganzer Seele und mit ganzem Gemüt! Ihr sollt sie lesen und innerlich hören! Ihr sollt sie übersetzen und innerlich verstehen! Ihr sollt sie euch für alle Ewigkeit aneignen! Ihr sollt sie euch für alle Ewigkeit in Erinnerung bewahren! Gottessprache soll zur Muttersprache eurer Seele auferstehen! Ihr müsst denken lernen, urteilen lernen! Ihr müsst zwischen »Gut und Böse« unterscheiden lernen! Hütet euch zu verurteilen!

Warum hat Jesus Christus wohl erst im Alter von dreißig Jahren begonnen, richtig zu lehren?

Ihr habt euch Gleichnisse, wie das vom verlorenen Sohn oder das vom barmherzigen Samariter, schenken lassen; doch habt ihr sie übersetzt, verstanden und in euer Herz geschlossen? Wie verwertet ihr seine Gebote, seine Angebote, seine Geschenke – Denkt ihr nach? – Denkt ihr noch?

Ihr glaubt an Gott nur in der Not,
doch habt ihr Glück, glaubt ihr ihn tot.

Braucht ihr also die Not, um richtig an Gott glauben zu können? – Denkt ihr nach? – Denkt ihr noch?

Ihr müsst fühlen lernen, dass ihr denken könnt! Lasst euch so in das Reich Gottes führen! Lasst so Gott an euch herantreten! –

Mir scheint, einige derjenigen, welche noch hier geblieben sind, verstehen mich nicht, ihr Gesichtsausdruck verrät es mir. Ich werde euch näherkommen!

So manchem werde ich auf die Füße treten, dass vor lauter Geschrei die Stimmungen seiner Seele zerreißen werden, falls er noch eine Seele besitzt! Ich werde die Stimmbänder des Bösen und des Lasters zerschneiden! Nirgendwohin erlaube ich es diesen Schlangen sich zu verkriechen!

So hört und fühlt!

Warum lehrt ihr, dass zwei gleich starke Waffen nicht gegeneinander kämpfen werden? Wisst ihr denn nicht, dass zwei törichte Riesen nie ihrem Kampf ein Ende setzen werden; auch wenn sie gleich stark sein würden, immer möchte einer stärker, mächtiger, heldenhafter als der andere wirken, – und er wird handeln, gelenkt von seiner Torheit! –

Beide müssen erst weise werden, müssen Jesus Christus als Vorbild verwenden, müssen wahre Brüder werden, um friedlich, ohne jegliche Kämpfe miteinander leben zu können!

Wie herrlich, göttlich, glücklich ist es sich einander auszutauschen, ohne sich gegenseitig den Schädel einzuschlagen!

Warum habt ihr Schriften und Filme, in denen Sex und Brutalität bis zur ekelhaftesten Grausamkeit verherrlicht werden, geschaffen? Merkt ihr denn nicht, dass das gerade nicht normal ist, dass das gerade nicht dem so feinfühligen Wesen des Menschen entspricht!? Vielmehr erfreut ihr euch stets am Ungewöhnlichen, weil ihr selbst gewöhnlich seid!

Warum schwimmen Dirnen und Zuhälter unter euch im gleichen Schlamm? Verzeiht, ich vergaß, ihr habt den Schlamm ja gewissenhaft gewisslich abgestreift! Dirnen und Zuhälter sollen euch eine angenehme Abwechslung aus dem Alltagsleben anbieten! Diese Stellung hält Gott für euch offenbar ebenfalls inne! Erstere gestalten schließlich euer Alltagsleben, und Gott behaltet ihr nicht einmal als wehrloses Spielzeug, als toten, billigen, selten freudespendenden Gegenstand! Ihr sucht euch andere Freudenspender! Was seid ihr doch für Gläubige? Ihr wollt etwa gar den Dirnen helfen? Ihr wollt etwa gar die Dirnen in eure Gemeinschaft als Gleichberechtigte eintreten lassen? Ihr wollt etwa gar ein junges Mädchen aus den schmutzigen, vom Schlamm besudelten Klauen eines eurer unzähligen Zuhälter retten? Oh, wie entsetzlich!

Ihr wollt die Rolle des Herrn über diese Sklaven einnehmen? Euch ist es keinesfalls gestattet, euch nicht! Denn dies Amt darf nur jemand behaupten, der sich als Herr würdig erweist! Also nennt lieber eure Mitsklaven wie ehedem »Opfer der Gesellschaft«; es platzen so viele ähnliche Geschwüre eures Körpers – Rocker, Süchtige, Nervenkranke, Verbrecher.

Wer ist denn eigentlich wessen Sklave? Als letzten Schritt stellt euch vor, dass der Begriff »Dirne« eure Unterhaltungssucht, Vergnügungs- sucht, ja eure widerwärtige Freude am Laster vertritt! Doch halt, dass ich nichts vergesse! Ich wünsche euch ein freudebringendes Tauchen – oder schwimmt ihr etwa noch?!

Warum beichtet ihr anderen Menschen gegen- über? Warum tragt ihr eure Sünden in ein Gotteshaus? Gott ist niemand, den ihr um Verzeihung oder gar um Gnade bitten müsst! Gott ist niemand, dem ihr Etwas schuldig seid! Ihr müsst euch selbst verzeihen, denn ihr seid eure

Schuldiger! Büßt und bereut nicht Anderen gegenüber, sondern gegenüber eurem eigenen Menschenleben! Urteilt über euch selbst, aber verurteilt euch nicht!

Herr *soll verwandt mit* Herz, *nicht mit* Hass *sein... nicht nur dem Klang der Wörter nach!*

Warum verbreitet ihr so seltsame Ansichten über das Reich Gottes, das Paradies? Ihr sollt an der Überwindung des Lasters Freude gewinnen! So lebt ihr im Glück und gehört dem Reich Gottes hier auf Erden an!

Ihr sollt selbst ständig denken: »Ich muss lieben, alle lieben, immer lieben!« Erst wenn ihr danach handelt, werdet ihr es vergessen dürfen und werdet es vergessen!

Jeglicher neue Sieg über ein Laster wird euch Freude bereiten! So werden alle wahrhaft glücklich werden, die Unterdrückten und ihre Unterdrücker, die Vergessenen und die Verehrten! Alle sollen Verehrende und Verehrte werden!

Diese starke Kraft, das fortwährende Denken an das Liebesgebot, ist einzig die Gotteskraft, welche Jesus Christus seine Menschlichkeit und Göttlichkeit schenkte! Ahmt es ihm nach mit ganzem Herzen, ganzer Seele und ganzem Gemüt!

Versteht ihr jetzt endlich, weshalb keine Vertreter Gottes auf Erden sich »Vertreter Gottes« nennen können, ja dürfen, und weshalb Fürbitten, Spenden, Opfer für Gott auch die größte aller Torheiten offenbaren?

Versteht ihr jetzt endlich, dass in den Glaubensfragen jeder sich selbst der höchste Richter sein muss?

Erkennt ihr jetzt endlich, dass jede in den Fragen eures Glaubens hierarchisch aufgebaute Organisation gleich einer am Kreuz Christi nagenden Schlangenbrut ist? Hütet euch vor diesen alles zerfleischenden Bestien, denn nur ein wahrer Mensch kann es wagen, einen Kampf mit ihnen aufzunehmen. Wer jedoch wird als Sieger hervorgehen? Ich werde keine Antwort geben, das ist die beste Antwort!

Erkennt ihr jetzt endlich, dass es euch nicht rühmt, diejenigen Menschen, welche Gutes tun, mit materiellen Belohnungen zu überschütten, sondern zu versuchen, in ihrer Art und Weise zu handeln? So ausschließlich vermehrt sich das Gute auf Erden! Gute Menschen, welche eine materielle Belohnung erhalten haben, müssen diese Auszeichnung wiederum zu guten Taten verwenden, um ihr Ziel, das Glück, zu erreichen – sonst haben solche Belohnungen euch selbst mehr Schaden zugefügt als den Belohnten! Gute Menschen werden oft und meist entweder an die Spitze einer Gruppe gestellt oder aus der

Gemeinschaft gestoßen. Beides rückt sie dem Bösen und dem Laster näher!

Deshalb verehrt sie, indem ihr ihnen Liebe schenkt, indem ihr sie zu euren Vorbildern erhebt, *somit* bereitet ihr ihnen und euch selbst wahre Freude, die einzige Belohnung!

Ich weiß, dass die Torheit euch allen alle Freude verleiht, aber nur, weil ihr die wahre Freude der Weisheit nicht kennt. Leider behindern eure bösen Taten die wahre Freude der Weisen, so dass ihr endlich diese bösen Handlungen fortstoßen müsst! Deshalb muss euer innerlicher aus dem Überlebenstrieb in der Masse der Artgenossen entstandener Machtanspruch zu einem Minimum zusammengestaucht werden! Aller Hass, alles Verbrechen, alle Kriege, alle Ungerechtigkeiten, welche alle derselben Ursprungskraft, diesem euren Machtstreben, entspringen, werden zu eurem Tod führen, zum Tod der ganzen Menschheit!

Das Gleichgewicht der Natur dagegen bewahrt sich mit Sicherheit. Ich hoffe, dass ich nicht bald den Würmern ein frohes Leben wünschen muss!

Ihr müsst also endlich begreifen, dass eure natürliche Rangordnung und das Streben danach, dazu verwendet werden muss, euren Körper und euren Geist zu sättigen! Aber wie handelt ihr? –

Ihr fresst, fresst und fresst! Ihr zerstört mehr, als ihr erschaffen könnt! So hoffe ich, dass eure verfetteten Leiber platzen, bevor die ganze Erde zerspringt! Ihr dürft die Laster sehen, ansehen, nur euch fesseln lassen, das nicht! Behaltet euren starken Willen! Es sei eine Probe für euren Körper und eure Seele! Versteht ihr nun vielleicht Jesu Worte: »Wenn dein Auge dich zur Sünde verführt, so reiß es aus! Es ist besser einäugig in das Reich Gottes einzugehen, als mit zwei Augen in die Hölle geworfen zu werden!« – Denkt ihr nach? – Denkt ihr noch?

Für Manchen ist der Gang zum Grab
die erste ehrenvolle Tat.

Doch ihr müsst mir verzeihen, dass meine Sätze euch so beschimpfen. Nicht euch wollte ich treffen, denn ihr seid es ja, welche alles mit-angehört haben, ihr wollt euch ja um Gottes Willen bemühen, zu eurem eigenen Vorteil, sondern den Lachende, den Spottenden, den Verachtenden, den Tretenden, den Zerstörenden, den Verführten, den Misshandelten und Miss-handelnden wollte ich predigen, aber leider erreicht man selten diejenigen Würmer, welchen die Fesseln zustehen würden! Zu tief sind sie in der schlammigen Erde versteckt. Sehr selten schwimme ich im Schlamm, um den Verführten zu helfen. Ich empfinde Angst vor diesem Drücken, diesem Zerquetschen, Erdrosseln, Ersticken in diesem stinkenden, zähen Schleim des Lasters! Ich will nicht hoffen, dass ich bald den Würmern ein frohes Leben wünschen muss! Ich hoffe einzig, dass eure Seelen meiner Seele Worte weitertragen werden, nur deshalb war ich allzu aufbrausend! Ihr müsst mir verzeihen!

KIRCHE

Immer wieder muss man es sich erklären...
denn christliche Vernunft scheint nicht angeboren zu sein.

Jesus Christus war gekommen, um den Sündern, den Schwachen zu helfen. Die Zeit ist reif, euch ein Gleichnis zu erklären, das Gleichnis von den ungleichen Brüdern, weil es ein weiteres oberstes Gebot der Lehre offenbart, die *Vergebung*:

»Es hatte ein Mann zwei Söhne und ging zu dem ersten und sprach: Mein Sohn, gehe hin und arbeite heute im Weinberg! – Er antwortete aber: Ja, Herr! – Und ging nicht hin. Und er ging zu dem Anderen und sprach das Gleiche: Der antwortete aber: Ich will es nicht tun! – Danach reute es ihn und er ging hin. Welcher der Beiden hat des Vaters Willen getan? Sie sagten: Der Letzte. – Jesus sprach aber zu ihnen: Wahrlich, ich sage euch: Die Zöllner und die Dirnen mögen wohl eher ins Reich Gottes kommen als ihr. Johannes der Täufer kam zu euch und lehrte euch den richtigen Weg – und ihr glaubtet ihm nicht; aber dir Zöllner und Dirnen glaubten ihm. Und ob ihr es wohl saht, tatet ihr dennoch nicht Buße, dass ihr ihm danach auch geglaubt hättet.«

Zu wem sprach Jesus Christus wohl? – Er lehrte die Hohepriester und die Ältesten! –

Alle, die hier in der Kirche waren, um das Wort Gottes zu hören, um sich dem Willen Gottes zu unterwerfen, um ihn auszuführen, Letzteres aber nicht taten, sind weiter von Gott entfernt, als diejenigen, welche nicht kommen, denen ihre bösen Taten jedoch als böse erkenntlich werden, – schließlich reut es sie und sie handeln im Willen Gottes! Es ist ihnen vergeben! Zu jeder Zeit und, wenn es erst in der Todesstunde des Sünders geschieht, ist ihm vergeben!

Oh! Es freut mich, dass nicht nur einige unpassende Leute die Kirche verlassen haben, sondern dass ihr wiederkommt. Ihr seid wohl die wenigen Horcher, ihr konntet das Lauschen nicht unterlassen! Tretet seelenruhig näher, ihr hoffenden Seelen!

So hört und fühlt!

Lest die Evangelien! Lest philosophische Schriften! Lernt dabei das Sehen und Hören! Es wird euch ein Licht aufleuchten, es wird eure Geister erhellen! Dieses Licht ist Gott, das ewige Licht!

Ich wünsche eure Erkenntnis von ganzem Herzen, von ganzer Seele und von ganzem Gemüt! Ihr dürft euch freuen, dass ihr so ungehindert, frei predigen darf! Hasst euch selbst, wenn ihr einen Anderen hasst, so werdet ihr bald lieben! So hört!

Die Rücksichtslosigkeit hat mehr Ansehen als die Nächstenliebe, weil derjenige, der seinen Nächsten liebt, dessen Rücksichtslosigkeit still ansieht!

Dieser Spruch wird euch das Denken lehren! Lernt das Urteil, es ist euer Vorteil! Das Denken stellt den wichtigsten Bestandteil des Menschen dar; ihr dürft es nicht verlieren oder vernachlässigen!

Ich sage euch: Alle Lachenden und Spottenden siechen gerade in ihrer Oberflächlichkeit dahin. Sie verzehren begierig ihr fauliges Fleisch, ihr gefrierendes Blut lässt den erbärmlichen Rest zerbersten, diese armen Menschenfresser! Ihre Seelen werden sich gegenseitig einen Kampf um den Königstitel – welche Würde – der Habgier, des Ehrgeizes, der Verschwendungssucht, der Grausamkeit und der Unmenschlichkeit liefern. Wer sich von euch gefesselt fühlt, besitzt wohl noch eine Seele! »Gott ist nicht ein Gott der Toten, sondern der Lebenden!«

Ich wollte euch stets näherkommen, jedoch bin ich euch vielleicht allzu nahegekommen! Ich möchte aber nicht wissen, wie viele sich trotzdem unerkannt bleiben! Ist es nämlich eine Sünde, Gott zu verkennen, so ist es auch eine, sich selbst zu verkennen! Also erkennt euch! Erkennt Gott!

Erkennt den wahren Menschen! Ich flehe euch an, schenkt euch diese Kräfte oder ihr werdet zugrundegehen!

Jesus Christus hat viel mehr An- als Kirchgänger... Das ist wahrscheinlich nur älteren Menschen klar.

So hört und fühlt!

Ich sage euch: Nehmt den Glauben an Gott als heilige Zuflucht, glaubt an den Richter, ihr, die einen Krieg, manche zwei, manche das ganze Leben lang nur Krieg erlebt haben! Ihr seid schwach geworden, es ist verständlich und erlaubt! Kommt in die Kirche und sucht die Gemeinschaft, welche ihr auch hier leider recht selten finden werdet! Doch wer sucht, der findet!

Klammert euch nicht an kirchliche Riten, sondern an Gottes Geisteskraft! Gott ist unverletzlich und unveräußerlich!

Hütet euch stets davor, Böses zu erschaffen, so vollbringt ihr Gutes! Denn der, welcher nicht gegen Jesus Christus ist, ist für ihn! Ihr, die ihr noch stark seid, sollt überall, wo es in eurer Macht steht, Gutes entstehen lassen, es sei eine göttliche Macht! Einige haben sich dies sogar zur beruflichen Lebensaufgabe gestellt! Sie sollen darauf achten, dass ihr materieller Lohn sie nicht zum Laster verführt! Der Lohn sei nicht ihr Ziel, sondern eine Unterstützung! Werdet Weltverbesserer!

Jesus Christus sprach: Lasst die Kinder und wehrt sie nicht ab, zu mir zu kommen; denn solcher ist das Reich Gottes! – Kinder heißen euch naiv, aber naiv ist auch der, der meint, er könne die Welt verbessern, indem er gut handelt! – Schade, dass es so wenige naive Menschen auf der Erde gibt!

Beendet also das Sündigen! Doch ihr fragt, was »Sündigen« heißt!

So hört und fühlt!

Betrachtet mit mir den Menschen! Lasst uns mit dem Körper beginnen!

Die Füße, die Zehen, bei manchen Menschen vollkommen einzeln bewegbar, wie es die Übrigen nicht einmal mit den Fingern der Hand nachahmen können! Wahrlich wundervoll!

Bei den meisten Menschen dagegen werden die Zehen dazu verdammt, ein starrer Teil des Fußes zu sein. Wahrlich wundervoll?

Die Beine, bei manchen Menschen mit Muskeln feinst umgürtelt, geformt, das Kniegelenk, ein ausgefallenes System, Spiel der Muskeln mit den Sehnen mit den Knochen! Wahrlich wundervoll!

Bei den meisten Menschen strotzen nicht nur die Beine vor Fett, in den seltensten Fällen wegen einer Krankheit, ist das Kniegelenk über- oder unterbeansprucht; Letzteres, um es wohl zu schonen, Erstes, um es am nötigen Respekt fehlen zu lassen. Wahrlich wundervoll?

Die Geschlechtsteile von Mann und Frau, höchst sensible Organe, die zur wahren Liebe, dem höchsten aller menschlichen Gefühle, und zur Fortpflanzung dienen, bilden einen weiteren Höhepunkt der feinen Schöpfung. Wahrlich wundervoll!

Bei den meisten Menschen aber werden sie allein wegen ihrer Funktion zur geschlechtlichen »Liebe« verwendet. Wahrlich wundervoll?

Das Gesäß, wie der Name schon sagt, ein Körperteil, welcher beim Sitzen das Polster für den ganzen Menschen darstellt. Wahrlich wundervoll!

Bei den meisten Menschen wird oft gerade dieser Körperteil entehrend behandelt. Man kann ihn sogar als Schimpfwort benutzen. Wahrlich wundervoll?

Die Brust, die Schultern sind bei Frauen weich, geschmeidig, bei Männern härter und breiter.

Sie sind ein weiteres Geschlechtsmerkmal, wie eigentlich alle Körperteile. Wahrlich wundervoll!

Bei den meisten Menschen wird dies nur unbewusst beachtet! Eine entehrende Behandlung fällt ihnen ebenfalls zu, wenn gerade sie bei Morden oder Unfällen die tödlichen Verletzungen empfangen müssen! Wahrlich wundervoll?

Doch nun zur Krone der Krone, des Menschen. Die Hände, die Finger und der Kopf mit dem Mund, den Augen, den Ohren, dem Gehirn sind der Höhepunkt des Körpers, äußerlich, denn die Innereien wären ein eigenes Studium wert. Die Hände, die Finger führen unzählige Tätigkeiten aus, vollkommene, unspezialisierte Werkzeuge. Die anderen bezeichnen die übrigen drei Sinne. Der Mund als Eingang für die Energieträger, welche der Körper zum Leben benötigt. Wahrlich wundervoll!

Vom Gehirn allein geht die vollständige andere Hälfte des Menschen aus. Der Geist, die Seele. Ist es ein Zufall, dass gerade dieses ins Kleinste ausgearbeitete Merkmal an der Spitze des menschlichen Körpers liegt, und dass am anderen Ende der körperliche Teil, der seinen Ausdruck in den Geschlechtsorganen erhält, und in der Mitte das Herz, der Kern des Körpers und des Geistes, des Lebens, liegen!?

Ich sage euch: wahrlich wundervoll!

Keinem wird Gott entfliehen, der ihn sucht... Das ist schon ein seltsame Einsicht – auch der Menschen, nachdem sie Böses getan haben.

Gott ist zum Besten über allen, die ihn suchen!

Ich spreche von »euch« und den »meisten« Menschen, weil ich euch nicht einzeln betrachten möchte. Ich sage nicht: Du bist ein Sünder, du bist ein Wurm, ein Teufel.

Ich sage euch: Mein Wille ist: Jeder Wurm unter euch soll sich selbst entlarven! Ich lehre euch die Erkenntnis, jeder soll erkennen, sich selbst erkennen!

So lasst uns beten:

Vater unser im Himmel
Dein Reich komme
Dein Wille geschehe
wie im Himmel so auf Erden
Unser täglich' Brot gib uns heute
und vergib uns unsere Schuld
wie auch wir vergeben unseren Schuldigern
und führe uns nicht in Versuchung
sondern erlöse uns von dem Bösen
denn dein ist das Reich und die Kraft
und die Herrlichkeit in Ewigkeit

AMEN

Erkennt ihr nun? Der wahre Mensch ist euer wahrer Gott:

Beide leben sterbend
beide kämpfen friedlich
beide erschaffen zerstörend
beide schenken raubend
beide nehmen gebend
beide hassen liebend
beide missachten helfend
beide verraten beschützend
beide rächen vergebend
beide verlieren siegend

Erkennt ihr nun? Das Vater-unser soll euch helfen, es soll euch erinnern, dass eure ständigen Bemühungen um das Mensch sein eure eure einzige, ehrenvolle Lebensaufgabe sein muss! Solange ihr dieses Gebet »herunter leiert«, hilft es euch nicht das Geringste, um fort zu schreiten von dem Laster und Bösen!

Betet das Gute nicht an, sondern vollbringt auch selbst Gutes! Derjenige, dessen Wille es ist, nur noch Gutes zu tun, wird immer weniger Böses verrichten!

Wartet nicht auf den Erlöser! Werdet selbst zum Erlöser! Erlöst euch selbst! Die Liebe ist euer höchstes Gebot: Gottesliebe, Nächstenliebe, Fein-desliebe, Freundesliebe, Liebe zwischen den

Geschlechtern, Liebe zur Natur, zur Vernunft, zum Leben sollen euch eine einzige Liebe werden, die wahre Liebe!

Liebe ist, wenn man jemandem Gutes tut, ohne auf seinen eigenen Vorteil zu achten! Liebe ist, wenn man jemandem Freude bereitet, ohne dass man glaubt, man habe es nötig! Doch seid vorsichtig! Liebe, hinter welcher ein Zwang steht wie die Peitsche hinter ihrem Opfer, ist die Peitsche für die Peitsche und ihr Opfer! Arbeitet also daran, wahrhaft zu lieben!

Ich sage euch: Jesus Christus litt stärker unter dem Hass und der Scheinliebe der Menschen als unter dem unendlichen Schmerz, welchen die Nägel in seinem Körper verursachten, als er an das Kreuz geschlagen war!

Doch nun meine Lieben, hört, fühlt und lehrt meine Lieben!

Ich liebe von ganzem Herzen, von ganzer Seele und ganzem Gemüt die Vergebung, weil so mein Körper und mein Geist dem einzigen Ziel, dem Mensch-sein, näher kommt!

Ich liebe das Leben, weil sich meine Schöpfer-kraft verwirklichen darf! Ich liebe das Leben, weil das Leben die wahre Liebe ist! Ich liebe die vielen Schwätzer, weil sie ihre Gedanken in unendliche Worte fassen! Ich liebe die vielen Narren, weil sie meine Seele unendlich begeistern! Ich liebe die vielen Angeber, weil sie meinen Körper unendlich erheitern! Ich liebe die vielen Ungläubigen, weil ich mich für nötig erachte! Ich liebe die unendlich Besessenen, weil sie meine Seele mit ihrer Geisteskraft in ihr entferntestes Traumreich geleiten können! Ich liebe die unendlich Verzweifelnden, weil ihre Seele die göttlichen Fragen nach dem einzigen Sinn des Lebens mit solchem Nachdruck stellen! Ich liebe die unendlich Spottenden, weil ihr erbärmliches Verhalten meiner Seele lehrt, wie mein Körper und mein Geist nicht handeln dürfen! Ich liebe den unfreundlichen Tod, weil mein Körper und meine Seele mit dieser innigen Liebe alle Bestien der Angst in ihre Höhlen der Hölle zurücktreiben! Ich liebe auch die Ungläubigen in einem Gotteshaus, weil sie so zugleich niemandem außerhalb Schaden zufügen können! Ich liebe unseren allmächtigen Gott, den Herrn, weil er mir die Kraft für mein Handeln, mein Denken, mein Wirken und mein Leben in so unerschöpflicher Menge schenkt! –

Es ist vollbracht! –

So lasst mich nur noch beten, dort unten am Altar!« –

Laster, *das ist ein altes Wort, das keiner wollte... Heute denkt man dabei an ein großes Auto.*

Ja, bin ich wieder bei Sinnen... Allmählich lässt man mich erneut denken?

Das unheimliche Geschöpf steigt sanft die Treppe hinab, streichelt Stufe um Stufe mit ihren Füßen, schwebt nahezu zum Altar, sinkt vor ihm nieder, betrachtet eindringlich, den in der Höhe am Kreuz hängenden, sterbenden, aus teuerstem Holz geschnitzten Jesus und faltet ihre Hände. – Ich fühle mich irgendwie erleichtert. Zwar habe ich nur von wenigen Sätzen ihrer Rede den Sinn verstanden, ich glaube es zumindest, aber das war eine Predigt, welche meiner Vorstellung entsprach; nur das war eine Predigt! Ich wusste nicht, wie ich mich verhalten sollte. Lachen? Weinen? Spotten? Hassen? Lieben? Fort rennen? Zu Boden fallen? Zur Decke schreien? Sterben? Leben? – Mir fehlen immer noch die Worte. Immer noch herrscht Stille, erdrückende Ruhe. Sie betet noch immer –

»Sag´ mir, fühlst du der Blumen Düfte? Fühlst du des Windes Rauschen? Fühlst du des Lichtes Strahlen? Fühlst du des Lebens Wesen? – Schade, dass diese Gefühle so unbeschreiblich sind! Hilf mir, dass diese Gefühle nicht unerreichbar sind! Bitte, lass auch mich zum Menschen werden! Bitte, lass mich nicht noch vorher sterben! Ich bitte dich! Hilf mir! – Ich weiß, ich bin es eigentlich nicht wert, doch hilf mir bitte! Ich habe

Hoffnung, dass du mich erhörst, hilf mir, hilf mir, bitte!« –

Ich fühle mich angekettet, gefesselt, ergriffen; ich wusste gar nicht, dass man so beten kann und darf. Und ihre Predigt, sie wird wohl die erste und die letzte gewesen sein. Niemals wieder werden meine Ohren eine ähnliche Predigt hören. Ich glaube nicht. Nein, unmöglich. –

Allmählich beginnt hinter meinem Rücken das Geflüster der Leute. Die Fesseln sind offensichtlich schon fast gelöst. Das Mädchen, schön wie am Anfang und doch diese Falten, schreitet mit Tränen in den Augen zur Pforte; ich hinterher. Auch meine Fesseln sind nun zerrissen. In meinen beinahe ertaubten Ohren erklingt ihre Stimme »Hilf mir, hilf mir!« – und Wortfetzen schlagen gegen meine Trommelfelle: »Engel«, »völlig Verrückte«, »dummes Gänschen«, »wirres Zeug«, »einziges Blabla« und andere. Soeben ist ihre Gestalt zur Tür hinaus gehuscht. –

Ich erreiche die Pforte selbst, öffne sie und habe ein meiner Erinnerung entsprungenes Bild vor Augen: Der Pfarrer, beim Vater-unser betete er mit – gab es einen, der das nicht tat? –, vorher und nachher hielt er seine Augen geschlossen, wie gestorben sah er drein. Seltsam, gerade er? Aber es stimmt, manchmal hatte ich den Eindruck während der Predigt, ich befände mich auf einem dunklen Friedhof. Irgendein niedliches Vögelchen zwitscherte fröhlich, lebenslustig – vielleicht auch lebensmüde – sein Lied, wobei es in einem alten Baum, der mitten in diesem Garten des Todes seine Wurzeln geschlagen hatte, versteckt sitzt. –

Doch nun zurück: Hier draußen auf dem Kirchhof stehen die anderen Leute, welche am Anfang dieser Predigt die Kirche so schnell verlassen hatten. Sie bilden aus ihren Körpern einen Halbkreis, drängen das Mädchen gegen die Kirchenmauer; es scheint, als ob sie anfangen wollten, es zu verprügeln, es totzuschlagen. –

Aber sein Mündchen öffnet sich langsam und... –

»Ihr seid also die Gläubigen! So hört, ich werde euch nochmals Anlass geben zu lachen! Schade, dass ihr euren himmlischen Ohren nur die Anfangsworte meiner Predigt gewährt habt. So sage ich euch: Es steht schlecht um euch Getier! Mein Ziel war es, euch dies zu beweisen!

So hört!

Wenn meine Predigt bis zum Gipfel aller teuflischen Gotteslästerung emporgestiegen ist, warum verlacht ihr dann meine arme, verführte Seele? Warum verspottet, verachtet, verflucht ihr meinen Geist und meinen Körper? Seid ihr Gläubige? Seid ihr es würdig, mich zu richten, mich zu verurteilen, mich zu verdammen?

Wenn meine Predigt bis zum Gipfel aller menschlichen Gottesverehrung emporgestiegen ist, warum verlacht ihr dann meine erhabene, göttliche Seele? Warum verspottet, verachtet, verflucht ihr meinen Geist und meinen Körper? Seid ihr Gläubige? Seid ihr es würdig, mich zu richten, mich zu verurteilen, mich zu verdammen?

Seid ihr denn von solch größerem Wert? Aus Liebe wollte ich euch das Denken lehren! Doch ich habe versagt, werde immer versagen! Doch um euch Getier steht es schlechter als um mich, meine Seele! Beendet das Wüten, den Hass und die Freude am Laster! Ich sage euch:

Wie die Regentropfen
so geschmeidig durch die
Lüfte gleiten und sich
auf das Kissen uns'rer
Mutter Erde fallen
lassen, plätschert wahres
Glück auf dich herab; doch
wenn die Wut, der Zorn dein
Wesen jemals fesseln
und zur Glut erhitzen
werden, kehrt von dir das
Glück sehr rasch zum Himmel
gleich zurück, weil es sich
eilig in der Hitze
ganz in Dunst verwandelt
wie die Regentropfen. –

*Mit so sehr geistlich Verwirrten in der Kirche...
möchte niemand der Gläubigen gemeinsam
um Gottes Liebe beten.*

Erhascht also das wahre Glück mit Hilfe wahrer Liebe! Noch seid ihr das Volk, welches Jesus Christus ans Kreuz schlagen ließ und ihm dann zurief: »Wenn du Sohn Gottes bist, so steige vom Kreuz herab!«

Wenn jemals ein neuer Jesus zu euch kommen würde, eure Lasterhaftigkeit wird wieder des Heilands Tod als erhofftes Ziel erlangen! Noch seid ihr die Mörder von Jesus Christus, diejenigen, welche sich voller Lust verzehrend am Sterben des Heilands erfreuen! Erfreut euch endlich! Lacht doch endlich vor Freude! Lacht! Lacht! Aber lacht euch nicht tot! Leider erkennt mancher von euch erst in seiner Todesstunde, dass er sich zeitlebens selbst verlacht hat! Lebt wohl! Sterbt wohl!« –

Die Leute verziehen keine Miene. Ihre Falten formen sich so, dass man den Zorn, den Spott, den Hass fast fühlen kann. Es steht ihnen ins Gesicht geschrieben, wie ihnen zumute ist. Jetzt ist's wohl so weit! –

Aber die Leute laufen zum Eingang der Kirche, weil ihnen im selben Moment der Herr Pfarrer entgegen wankt. Oh, wie abgekämpft, total über-anstrengt, zermürbt... –

Ich versuche dem Mädchen zu folgen, aber diese undurchstoßbare Wand der Leute..., so verliert es mein Blick. Das bezaubernde, faszinierende Mädchen ist spurlos verschwunden. Irgendwohin gerannt. Ein Wettlauf mit dem Tod? Hätten sie ihr vergeben und selbst Vergebung ersucht? Weiß nicht. –

Ich wende mich traurig dem Menschenhaufen zu. Die vielen Leute plappern dem Herrn Pfarrer tröstende Worte ins Ohr: »Sie konnten ja nicht wissen, dass dieses Mädchen als Bardame oder irgendetwas Anderes in einem Nachtclub in der Kaiser-Wilhelm-Straße beschäftigt ist,« bemerkte unser Herr Nachbar so treffend. Andere berieten: »Es wird ihnen der Herr im Himmel schon vergeben«, »wir hätten sie gehindert«, »beichten Sie vorsichtshalber«, »glänzende Predigten zu Beginn«, »hoffentlich kein Nachspiel mit dem Herrn Bischof«, »eine Asoziale«, »nie wieder«; ich frage mich, weshalb sie sich so sinnig fühlen, wenn ihre Geister in diesem Klatsch und Spott baden? –

Es heißt ihnen »menschlich«. –

Eigentlich seltsam, darf ich nun über sie spotten, darf ich sie verlachen, bis sie unter der Last meines Gelächters zusammenbrechen? Bin ich irgendwie verwandelt? Die Predigt? –

Welches Ende wird dieses Geschehen hier in der stinkgewöhnlichen Kirche, wie tausend andere irgendwo ihre Heimat gefunden haben, nehmen? Werden sich die Leute verwandeln? –

Oh, nein! Sie bleiben, wie sie sind. Ihr Charakter hat ihren Körper und Geist von Anfang an gelenkt, es müsste sich ihr Charakter ändern! Wie sind sie doch menschlich! –

Jetzt eilen diese Gestalten in die Kirche zurück, unser Herr Pfarrer muss unbedingt den Segen verteilen. Wie konnte er das nur vergessen?! Ich schließe mich letztlich dieser trägen Menge an. Kaum ist man eingetreten, alle Leute mischen sich unter jene sitzengebliebenen Zuhörer, wenn sie noch alle da sind, da fragt jemand unseren Herrn Pfarrer, was er denn von jenem Gottesdienst halte? –

Wird er es antworten? Er, der doch nach allem, was ich über ihn weiß, ein Verfechter, ein Stützer aller Gottesvorstellungen sein müsste. Er, der so viele Meinungen kennt! Er müsste zumindest tole-rant sein! Wird er es antworten? – Oh, ja, gewiss, er spricht es mit Sicherheit aus. Er muss es sagen.

Er hat es zu sagen – entspricht es tatsächlich seinem Denken –, er kann nicht anders. Was würde passieren, wenn er es nicht…? –

»*Es war ein gottloser Gottesdienst!*«, erwidert unser Herr Pfarrer. Die vielen Gläubigen sind nun zufrieden. Sie haben ernsthaft Mitleid mit unserem Herrn Pfarrer. Irgendein anderer Herr trägt Weinflaschen und einen Korb mit Oblaten herein, man hat wohl auch beschlossen, anschließend ein Abendmahl..., – da!

Das Kreuz vorne über dem Altar, es wackelt immer stärker, es stürzt hinab, schlägt mitten auf dem Altar auf, die bunten Blumen, die schönen Vasen, der Boden bebt, die brennenden Kerzen, alles wird vom Kreuz bedeckt!

Die Leute fallen auf den harten Boden, Geschrei, Verwirrung, der Lärm klingt immer noch in meinen Ohren, ich liege selbst am Boden, die Blumen verbrennen, das Kreuz entzündet sich, die Decken, die Tücher – brennen und brennen –

Genau an dieser Stelle der Geschichte haben die zum Fenster eindringenden Sonnenstrahlen mich vollkommen erfasst, und der Organist holte mich unsanft aus meinem Traum zurück, indem er ein Stück von Bach oder Ähnliches auf der alten, schon müde klingenden Kirchenorgel spielte, während der Herr Pfarrer andächtig die Stufen von der Kanzel zu uns, der Gemeinde, hinabstieg.

Er lächelte, so glücklich war er, seine Predigt, wie immer ein wenig geistreich, ergreifend, ein wenig scherzend, gehalten zu haben. Erstaunlich, dass dieser alte Herr, na ja, jünger als ich ist er schon noch, seine Predigten stets ohne Manuskript vorgetragen hat, ich tat das nie.

*N*atürlich dürfen auch geistlich Verwirrte an Gott glauben... Das scheint aber gar nicht so natürlich zu sein.

Nur schade, meine Konzentration lässt nach; sicher, selbst reden kann ich immer noch, nur Anderen zuhören, richtig, ernsthaft zuhören, das fällt mir langsam schwer. Man spricht halt mehr oder weniger seine Gedanken frei von der Leber weg, wie es wohl der Herr Pfarrer ebenfalls macht. Kunstvoll eingebaute Witzchen, bei denen die Gemeinde lächelte, ich bemerkte sie nicht. Zu gerne hätte ich mitbekommen, welche ruhmreichen Taten unsere Missionarinnen und Missionare unter den geringsten Voraussetzungen in aller Welt vollbrachten und vollbringen. Ich war leider nie als Missionar unterwegs, wirklich ein Versäumnis! Mein jüngerer Kollege konnte einem wirklich lebensnah über sie berichten. Doch kaum habe ich in langweiligen Predigten, mag sein,. Manchmal absichtlich, den Faden verloren, versank ich in meinen Wachträumen, höchst fantastischen Fluchten. Alte Erinnerungen, alte Vorstellungen aus meiner angriffslustigen Jugendzeit von »Gott und der Welt«, wie heutzutage mit einem negativen Beigeschmack darüber palavert wird, wurden in mir wachgerufen. –

Aber niemals gestattete mir eine eigentlich zeitraubende Predigt meine Träume zu beenden; stets nahm sie zu wenig Zeit in Anspruch.

Vor rund zehn Jahren , als ich meine letzte Predigt vom Stapel in die Gemeinde rollen ließ, da waren sicher manche Leute erfreut, dass ich das letzte Mal auftrat; denn sie betrachteten mein oft gekünsteltes Gerede als nicht angemessen, aber wie schwierig ist es, immer eine echte Predigt zu halten. Oft fühlte ich aber auch, diese vielen Kirchgänger wollen einen Gottesdienst erleben, der einer mittelmäßigen Theateraufführung ähnelt. Die Wenigsten hätten lieber einen einen intimen Familienrat, in welchem jeder seine Meinung beitragen darf. Meine anfänglichen Gedanken, dass Theologie jedermann, nicht nur die Menschen im Kloster oder in Hochschulen, beträfe, mussten stark zurückgeschraubt werden.

Dem Pfarrer war die Aufgabe des Seelsorgers zugedacht, niemals wird er Theologe werden. Die Leute, welche die Gottesdienste besuchten, wollten Religion hören und erfahren lernen, nicht von Theologie, welche weit in die Philosophie reichen würde, belästigt werden. Sie wollten ihre Riten eingetrichtert haben, Feierlichkeit mit allem, was dazu gehört, ja, möglichst viel davon sehen. Und ich spielte schließlich mit, ich erkannte, dass die Theorie weit von der Praxis entfernt irgendwo versteckt gehalten wurde, keiner sollte sie entdecken wollen. Denken war ein Privileg.

Ich musste auch zugestehen, dass mein Lebensziel, Mensch zu werden und zu sein, nicht der Masse der Leute begreiflich dargestellt werden kann. Nebenbei dichtete ich, um irgendetwas zu schöpfen. Seltsame Idee dieser Selbsterkenntnis! Als man mir im Zweiten Krieg das Bein zerschossen hat, so dass es amputiert werden musste, bemerkte ich, dass der Hass nicht aus einem zugrunde gerichteten Menschen einfach vertrieben werden kann. Ich spendete nach einigen Überwindungen noch mehr bewusste Liebe, auch wenn mir klar war, dass es nicht der wahren Liebe entspricht, und als dann meine Gattin starb, wurde mir mein geistiger Gott letztlich zur Zuflucht und zum beschützenden Vater wie in meiner Jugend. Jetzt begriff ich erst, was die Aufgabe eines Pfarrers war und wohl für immer bleiben wird.

Manchmal lachte ich über die Gläubigen, über die Nonnen, welche einen ehelichen Bund mit Jesus Christus eingehen, um Gutes tun zu dürfen. Heute verstehe ich und bedaure sie alle. Man wird traurig, immer enttäuschter.

Wenn ich als alter Mann mit meinem einen Bein in einen Gottesdienst, wie er hier üblich ist, platzen, vielleicht außerdem versehentlich meine

Krücken auf den Boden fallen lassen würde, diese Horde von angeblichen Gläubigen würde mich nur bissig angaffen. Die wenigsten Leute würden mir helfen, obwohl sie alle aufstehen und mir aufopfernd ihre Hilfe anbieten müssten. Wenn sie wüssten, dass ich ein Pfarrer bin, na dann schon eher. Aber denjenigen, der hilft, würde man erstaunt anglotzen, als wenn er sich schämen müsste. So ist das heutzutage, damals in meiner Anfangszeit war´s nicht viel besser. –

Aber bald habe diese nichtigen Aufregungen überstanden. Dieses Jahr werde ich vielleicht meinen 76. Geburtstag feiern. Der Arzt hat mir prophezeit, dass ich noch in diesem Jahr von der Bühne verschwinden werde. Mein Herz wird immer schwächer.

Zur Zeit kann ich noch denken, – ob ich es spüren werde, wenn ich es nicht mehr kann? Was mich jetzt nur interessiert und was ich auch nicht beantworten kann: Was wird sein, wenn meine Seele aus meinem Körper entschwindet, wenn mein Herz schließlich stillsteht? – Na ja. –

Halt! Ich wollte noch...

KIRCHE

Oh, ich muss schnell das Geheimnis lösen...
– Alle Geheimnisse sind zum Nachdenken
geschaffen. Wozu denn sonst?! –

...Etwas über den angeführten Traum erzählen:

Als ich wieder einmal gedanklich der Predigt meines Kollegen entwich, sah ich, dass ein junger Mann neben einem Mädchen nicht weit von mir entfernt sitzend lauschte. Sie waren fast die einzigen jungen Menschen hier.

Nun ja, und meine Fantasie, bisweilen ist sie allzu zügellos, erzählte diesem *Mike P.*, so nenne ich ihn, von einem besonderen Gottesdienst, möglicherweise in einer seiner Vorstellung entsprechenden Form. Mag sein, dass alle Personen und Ereignisse mehr zu meinen Denkweisen passen, aber jedenfalls lieferte ihm meine Fantasie sicherlich –

keinen gottlosen Gottesdienst.

ENDE – mit 76